阿疼說

李瑞騰——著

【總序】二〇二二，不忘初心

李瑞騰

一些寫詩的人集結成為一個團體，是為「詩社」。「一些」是多少？沒有一個地方有規範；寫詩的人簡稱「詩人」，沒有證照，當然更不是一種職業；集結是一個什麼樣的概念？通常是有人起心動念，時機成熟就發起了，找一些朋友來參加，他們之間或有情誼，也可能理念相近，可以互相切磋詩藝，有時聚會聊天，東家長西家短的，然後他們可能會想辦一份詩刊，作為公共平台，發表詩或者關於詩的意見，也開放給非社員投稿；看不順眼，或聽不下去，就可能論爭，有單挑，有打群架，總之熱鬧滾滾。

作為一個團體，詩社可能會有組織章程、同仁公約等，但也可能什麼都沒有，很多事說說也就決定了。因此就有人說，這是剛性的，那是柔性的；依我看，詩人的團體，都是柔性的，當然程度是會有所差別的。

「台灣詩學季刊雜誌社」看起來是「雜誌社」，但其實是「詩社」，一開始辦了一個詩刊《台灣詩學季刊》（出了四十期），後來多發展出《吹鼓吹詩論壇》，原來的那個季刊就轉型成《台灣詩學學刊》。我曾說，這一社兩刊的形態，在台灣是沒有過的；這幾年，又致力於圖書出版，包括同仁詩集、選集、截句系列、詩論叢等，今年又增設「台灣詩學散文詩叢」。迄今為止總計已出版超過百本了。

根據白靈提供的資料，二〇二二年台灣詩學季刊雜誌社有八本書出版（另有蘇紹連主編的吹鼓吹詩人叢書二本），包括截句詩系、同仁詩叢、台灣詩學論叢、散文詩叢等，略述如下：

本社推行截句幾年，已往境外擴展，往更年輕的世代扎根，也更日常化、生活化了，今年只有一本漫漁的《剪風的聲音——漫漁截句選集》，我們很難視此為由盛轉衰，從詩社詩刊推動詩運的角度，這很正常，今年新設散文詩叢，顯示詩社推動散文詩的一點成果。

「散文詩」既非詩化散文，也不是散文化的詩，它將散文和詩融裁成體，一般來說，以事為主體，人物動作構成詩意流動，極難界定。這一兩年，台灣詩學季刊除鼓勵散文詩創作以外，特重解讀、批評和系統理論的建立，如寧靜海和漫魚主編《波特萊爾，你做了什麼？——台灣詩學散文詩選》、陳政彥《七情七縱——台灣詩學散文詩解讀》、孟樊《用散文打拍子》三書，謹提供詩壇和學界參考。

「同仁詩叢」有李瑞騰《阿疼說》，選自臉書，作者說他原無意寫詩，但寫著寫著竟寫成了這冊「類詩集」，可以好好討論一下詩的邊界。詩人曾美玲，二〇一九年才出版她的第八本詩集《未來狂想曲》，很快又有了《春天，你爽約嗎》，包含「晨起聽巴哈」等八輯，其中作為書名的「春天，你爽約嗎」一輯，全寫疫情；「點燈」一輯則寫更多的災難。語含悲憫，有普世情懷。

「台灣詩學論叢」有二本：張皓棠《噪音：夏宇詩歌的媒介想像》、涂書瑋《比較詩學：兩岸戰後新詩的話語形構與美學生產》，為本社所辦第七屆現代詩學研究獎的得獎之作，有理論基礎，有架構及論述能力。新一代的台灣詩學論者，值得期待。

詩之為藝，語言是關鍵，從里巷歌謠之俚俗與迴環復沓，到講究聲律的「欲使宮羽相變，低昂互節，若前有浮聲，則後須切響」（《宋書・謝靈運傳論》），是詩人的素養和能力；一旦集結成社，團隊的力量就必須出來，至於把力量放在哪裡？怎麼去運作？共識很重要，那正是集體的智慧。

台灣詩學季刊社將不忘初心，不執著於一端，在應行可行之事務上，全力以赴。

6　阿疼說

【自序】

在台南那段時間（二〇一〇年二月—二〇一四年一月），我寫臉書。我總順手寫下一些分行的句子，用手機傳給我兒時雍，他再貼到臉書上。詩人蘇紹連請時雍選其中較有詩味的篇章，分三期刊在《吹鼓吹詩論壇》（十四、十五、十六），總計五十八首。白靈從第十四期選了四首編入《二〇一二台灣詩選》（台北：二魚文化，二〇一三年二月）；四年後，楊宗翰編選《淡江詩派的誕生》（台北：允晨文化，二〇一七年二月），邀我共襄盛舉，我從中選了十四首，慶賀我曾任教的淡江大學六十六歲生日快樂！現在，我準備編印一冊類詩集《阿疼說》。

「類」字最近很流行，類颱風、類火車、類流感等都是，即類似、相像的意思。我用「類詩集」，意指這書像一本詩集。我本來的用意是記點事、寫點心情，本無意寫詩，但寫著寫著，怎麼下筆？怎麼收尾？也就斟酌起來了；有時候，直筆書寫，總覺太白，不如迂迴曲折，多點言外之意。於是就有一些含吐不露，竟像一首一首小詩了。

白靈屢催我選編一冊詩集，納入同仁詩叢以慶台灣詩學季刊三十周年，並數度提及「阿疼說」。我於是請時雍把當年粉專文字全部下載，我逐首再讀，以詩意為準勾選，再刪去幾首題材太近者，得百首左右，全加上題目，即本集的前四輯。因為大部份是短詩，我嫌其單薄，乃清理舊篋，得詩十餘首，編為附輯，則我近歲所作詩及類詩，盡在其中了。

對於一些寫作的人來說，臉書成了發表創作詩文的園地，堪稱是一種自媒體。過去發表文學作品的地方，主要是報紙的副刊和文藝性刊物，隨著電子聲光媒體及網際網路發達，紙本式微，以文字書寫的詩文小說等首當其衝，發表園地大為萎縮，雖也有人因此而少寫或不寫了，但堅持執筆者還是很多，部落格、臉書遂成新興文藝傳媒，和過去的發表形態不同的是，以前有編輯守門，要苦苦等待刊出，可能有稿費，讀者不確定，現在是自己編，即時刊出，沒人付你稿費，讀者是你臉友，按讚數、留言是受眾的一種回應，有人將其視為檢驗創作成果的指標。

《阿疼說》選自臉書，自是結集的一種方式，它們反映出我在府城四年面對工作與生活的態度與心情。我當然不只是寫臉書，也為工作寫企劃書，寫執行報告，寫一篇又一篇的序文，也在《中華日報》上寫專欄「在台南」。整理「阿疼說」的同時，我也準備把為台文館的出版品寫的百餘篇「館長序」編印出版。以下是我在台文館寫的最後一篇散文〈府城四年〉，集中表現了狀況與心境，錄下提供給讀《阿疼說》者參考；此外，當年發表於《吹鼓吹詩論壇》時，時雍寫有短序，一併附載於此：

〈府城四年〉／李瑞騰

歲次癸巳將盡，陽光時隱時現，即便是一向暖和的南方，竟也寒氣逼人。

此時，我從北地南來四年的府城歲月即將結束，然後我將北返，回到我經之營之已逾二十年，中壢雙連坡上那片植滿蒼松的中大校園，把這一趟漫長的旅程，以及文化行政經驗，仔細回味，並使之系統化，和年輕的學子分享，特別是在文學實務中的體會和感受。

「結束」的期間其實很長，大約從秋天的時候就已經展開。一方面當然是館務，不少業務必須告一段落，有常態性的年度工作，也有四年期的大計畫，都得完成，特別是後者，考驗我和業務承辦同仁的執行力；另一方面是府城四年的工作與生活，於公於私都有許許多多的牽牽繫繫，如何有一個恰到好處的收尾，不免也和實務一樣，必須做周詳的企畫，且親自去執行，這就是為什麼我用了近兩個月的時間向台南辭行的原因。然而，更難的應該是心情吧！耽心這個，掛念那個，真能揮一揮手，不帶走一片雲彩嗎？從前蘇東坡修葺超然台，有「遊於物之外」、「無所往而不樂」的感悟，而一旦流放海南既久，亦不免要嘆老了。

然而，人生千迴百折，只能曲直向前，行於所當行，止於所當止，行止之間，先是順勢而行，然後是止於至善，這裡面有因緣，有知其所止的理性抉擇。情感上，我當然不捨，館舍、業務、文學、館內同仁和館外友人，以及一座建立在文化土壤上日漸躍昇的城市，都曾進入我的視界，且心心繫念，如何能立即割捨？然而，路程既已轉了個彎，用我有用之身，以另類方式從事台灣文學工作，原來就有時間性、階段性，時間過去了，階段性任務完成了，還是得回到原來的場域，繼續未完的志業。

府城四年，做了一些事，寫了一些文章，終將成為我深刻的記憶。我很高興我幾乎參與了台文館每一檔展覽的策劃與執行，出席每一場我能參加的活動，更為台文館的出版品親寫了一百多篇的序文，每一項業務，都有人負責執行，都留下了具體的成果，我思索著它們的意義，寫了下來，成為我在府城四年最深刻的印記。

〈關於《阿疼說》〉／李時雍

（一）

我與父親，曾於副刊上合寫「父子兩地書」專欄。從我大三到大四，一週一封的書信，分享我求學嘉義，而他工作台北的種種，更重要或是，父親以此陪伴我面對生命轉折的路口。

五年後，父親前往台南，任職台灣文學館長甫一年餘，而我從左營退伍回到台北不久，八月於他六十虛歲生日返回台北家庭聚餐時，向他提議架設網頁，每日寫下一兩句話，為作區別，並標註上「阿疼說」。

每晚父親依例將句子以簡訊寄給我，再由我將句子上傳刊出。每晚讀著，札記生活、工作、人文思索，其中亦不乏近似詩文的段落，才令人想起，父親年輕時也曾寫下一本《牧子詩鈔》。今選出二十二篇，是續寫的兩地書，是時間之詩，也是阿疼說。

（二）

去年八月起，每日，父親在臉書上一字一句，鍵入生活所歷所思；今年三月並應台灣詩學之邀，選出其中二十二首發表於《吹鼓吹詩論壇十四號》，因鍵寫時每篇訊息前都標名著「阿疼說」，遂為題名。

今年八月即將寫滿一年前夕，再次輯出二十首。重新回看這些彷若詩行體例所錄下的生活，可見父親如何以文學之心，感悟自公領域事務到日常生活中所面對的人事物景，所行路追憶之跡；也令我想起，父親曾以自傳體寫成散文集《有風就要停》一書，於今，停後思索，父親以「阿疼說」，一字一句，續寫、續走。

目次

輯二

輯三

輯四

附輯

輯一

等待

在朝陽下企盼遠方
在細雨紛飛中
等待一朵花
的綻放

二〇一一年八月二日

南方有事

南方有事：
小吃總是太甜
陽光總是太鹽
草原總是綠得太青太黃
而一棵百齡老榕
竟被謀殺

二〇一一年八月三日

晚報

每晚買一份晚報
回家
讀報
然後在
字句的激情與喧嘩中
眠去

二〇一一年八月十日

開車

帶小兒子夜間道路駕駛，
想起我的岳父。
一九八三年，大兒子出生那年，
岳父協助我買了第一輛車，
陪我開了一趟陽明山。
我就這樣開著車，
走漫長的人生路。

二〇一一年八月十三日

溫州

台北的溫州大餛飩很有名
來到溫州
參加琦君文化交流活動
歡迎晚宴以琦君家宴為名
享受浙菜中的溫州美食
沒有餛飩

二〇一一年八月二十二日

曲折

上午九時三十分
離開溫州的旅店
回到台北的家已是深夜
這曲折繚繞的路程
只因香港的一場大雷雨
就轉去了廣州白雲機場
人生之迂迴也常如此嗎
我們看不見未來
但未來——
我們最終還是可以回到家的

二〇一一年八月二十六日

水煎包

有時就在巷口
排隊買二個水煎包
外加一杯冰豆漿；
看店家師傅敬謹而嫻熟地
掀蓋、翻面。
他拿水煎包給你
你付錢給他
眼神交會之際
不約而同說聲謝。
生活其實可以很簡單
50塊有找，就飽了。

二〇一一年八月三十日

媽媽的來信——塗鴉一月，忽憶往事

母親去上學，
讀小學課本，
老師稱她「博士的媽」。
她寫了一封信給我，
開頭就說：
「兒子，別笑媽字寫不好！」
我看著，
哭了！

二〇一一年九月二日

孤獨

從進屋子的那一刻開始
你便與孤獨對話了
你因此需要一點點音樂
一點點浮動的光影
一點點閃耀的詩句
然後開窗
呼喚夜空的星子進來
趕走孤獨

二〇一一年九月六日

九一一

九一一巨響之後
揚起了漫天塵埃
生死就不明了
活著的人更加焦慮
害怕槍聲再度響起
女媧補的那一塊又破了
是晴是雨都不知道
是難是易有待驗證
雌雄就此莫辨了
為什麼越到中秋，月分外不明呢？

二〇一一年九月十二日

心事

從生日的那一天開始
兒子要我每晚寫一段文字
我就這樣寫著心事
寫到詞窮
寫到春花秋月何時了
還要再寫嗎？
兒子說
要！

二〇一一年九月十三日

在島嶼寫作——王文興紀錄片觀後

他們在島嶼寫作
寫島嶼的故事
寫島和島的恩怨
寫島和大陸的情仇
專注、執著
從清晨到黑夜
從青絲到白首
積字成句
積句成篇
積成血淚交織的作品
扣人心弦

二〇一一年九月十六日

茫然

傴僂老婦
蹲於街角
鋪一張舊報紙
隨意散放幾包大蒜
路人近身復離去
回望
她茫然的目光

二〇一一年九月十六日

咖哩樹

陽台種一株咖哩樹
長得細細長長
飛來一隻小麻雀
吃掉它結的小果實
沒多久冒出幾株幼苗
分種在他盆裡
很快也長高了
葉子像扇子
等它結成果實
麻雀還來嗎？

二〇一一年九月二十一日

知止

知止而後有定
這個止是足跡所至
知其所止
故行有定向
人生最重要的正是
要知道自己將走向
何方
停止在何處

二〇一一年九月二十七日

牛角

記憶中有一個永遠不滅的圖象
我牽牛吃草去
牛角被我用石子打到
竟然脫落
肉骨滲著血絲
把牛牽回家去
當然不敢說實話
往後好幾天
我都看到
父親用紫藥水
擦拭著掉了牛角的肉骨
然後擦拭著眼角的
淚

二〇一一年十月一日

重陽雅集

一九八八年
梁實秋辭世一周年
在北海墓園
細雨輕飄
雲天蒼蒼
一位長者說
為我們辦個聚會吧
於是有了重陽雅集
二十幾年過去了
活動還持續在辦
青年卻已白了頭

二〇一一年十月五日

電話本

韓國詩人許世旭教授有一次對我說
他每一次來台北
電話本上朋友的名字
總要擯掉幾個
這個動作很沉重
有生死兩隔的哀慟。
在一年一度的雅集現場
是有那麼一點一回相見一回老也一回少的況味。
老許大約沒參加過這個活動
但他再也沒有機會了
因為我在電話本上
小心翼翼地把他的名字擯掉了！

二〇一一年十月六日

愛

你披星戴月歸來
有人「憐他滿面風塵瘦」
這就是愛
值得珍藏
等更老的時候
追憶

二〇一一年十月八日

孤挺花

陽台一盆孤挺花
從鱗莖抽長出四根管狀花莖
三根猶含苞
一根已開四朵粉紅
花自孤挺
無語，開且落

二〇一一年十月八日

洗衣店

洗衣店老闆娘的母親
坐在店門口
和來往的路人
微笑，問候
說起女兒撐起一間店
有一點驕傲
和滿滿的幸福

二〇一一年十月十三日

髮

在你獨居的小屋
突然發現地上許多毛髮
你知那是你的
有點慌
一根一根拾起
編結成辮
然後慢慢等待
地面冒出細細的嫩芽

二〇一一年十月十九日

窄門

臨窗坐著
任車流趨於靜寂
這裡是窄門二樓
餐後咖啡涼了
我望向對街的孔廟
老榕猶兀自振臂
高呼自由

二〇一一年十月二十二日

記憶

即便重層記憶牽引
都得面對今天的現實：
你的胸懷是否寬闊到，
能夠承擔歲月的重量？
你的悔悟，
是否已經翻轉成前進的決心？

二〇一一年十月二十三日

濱海的小站

夜以其巨大的黑暗
向濱海的小站襲來
你急急向南方奔逃
旋轉成一盞
忽明忽滅的
燈

二〇一一年十月二十四日

水果

假日清晨
我有時去傳統市場
買菜以及水果。
菜我不會做
而水果，
我會清洗
削得漂漂亮亮
放進保鮮盒置於冰箱，
孩子想吃就拿
幾天沒動
我就把它們全吃掉

二〇一一年十月二十九日

輯二

美濃

客家電視台播放
鍾鐵民紀念追思會的錄影
母親看到我坐在第二排
要小弟打電話給我
她說，我想你大概會去
就仔細找找看。
一生都沒去過美濃的母親
怎麼會這樣想？
不認識幾個客家人的母親
怎麼會看客家台？
不用問，因為沒答案
母親其實是要告訴我：
怎麼那麼久沒有回來？

二〇一一年十月三十日

抽菸

我在叛逆的初中開始抽菸
不忍初為人父時污染幼兒而戒菸
煙塵往事化為一縷輕煙逐漸遠去
卻總在街頭巷尾見著少年吞雲吐霧時
掩鼻而過
便彷彿見著自己瘦弱的身影
飄過，且消失在汙濁的巷弄之間

二〇一一年十一月一日

換

我家小妹單名一個「換」字
在舊的時代
意即換生一個男的
她本人不被期待

後來我在大學教書
一位優秀的女學生叫「速換」
意思一樣
二十幾年後重逢
她以「素喚」為筆名出書
充滿對自己的期待

最近她完成博士論文
我見他改名「愫汎」
這位有情有義的澎湖女兒
找到了她自己

二〇一一年十一月三日

復現的圖象

有一天
行走在台南的街道
突然想起那最初的造訪
迄今竟已近四十年矣

一九七三年，大一暑假
我上成功嶺被驗退
到南方尋找精神上的慰藉
頗有旅行療傷的況味

這一段曾經消失了的記憶
憑添我的台南經驗之縱深
時猶瘦弱的身影

雖未曾留下隻字片語
惟復現的圖象
日漸清晰

二〇一一年十一月十四日

北竿

白靈以祭祀後的「昨日之肉」
比喻曾為戰地的金門馬祖
他說馬祖北竿曾
挖出二四五一顆各式地雷
一下子喚起我的北竿記憶
一九七九年從春到秋
肉身之苦與精神之悶
在北竿，我寫下
「千帆已盡征衣在」的詩句

二〇一一年十一月十六日

白髮

常有人問我
有沒有染髮
我說沒有
但還是有一些白了
都把它們藏起來了
古人「照鏡悲白髮」
也「恨華髮早生」
今人也一樣
但既然白了
就不妨如余光中所說
「一頭獨白
面對四周的全黑」

二〇一一年十一月十七日

退休

朋友談起他的生涯規劃：
退休，去做另一種奉獻。
我雖不捨，亦表尊重
人生，退出一個場
轉身進了另一個場
去就之間
呈現一種信仰與價值
關鍵就在於自我認同
在於分寸的掌握

二〇一一年十一月十九日

陳之藩先生訪台文館

今天周六
我留在台南
上午在東菜市找吃的
突聞陳之藩先生將訪文學館
特趕回接待並導覽
老先生坐在輪椅上
有夫人童元方教授陪同
醫護人員隨侍
猶盛年的童教授
細心扶持老病的丈夫
陳童婚戀
再增感人的一幕

二〇一一年十一月二十日

印得好

今日得蔡雄祥先生
贈其篆刻選
我當下脫口說：
印得好！
一語雙關
既指其藝，亦指其書
堪稱內外雙美
蔡先生回說：好玩而已！
是真藝術，皆好玩而已。

二〇一一年十一月二十一日

不遷

我大約是屬於
農業社會安土重遷的那種人
但「重遷」非「不遷」
我有一香港友人
在九七即將來臨
眾人皆去的情況下
她不遷，還寫了文章，出了書
書名就叫做「不遷」。
她說要留下來見證香港的變遷
到現在她還在為她所熱愛的
香港
奮鬥。

二〇一一年十一月二十三日

自我的天地

如果我是計程車司機
一定好好佈置車內
務求其潔淨舒適；
每天出門前
一定清洗車體
並且把車內弄整齊；
每一位客人下車後
一定檢視後座是否乾淨
不為客人也為自己
整天待在其中
小空間即是自我的天地；
至於平日的汽車保養
那是不用說的了。

二〇一一年十一月二十五日

鼎泰豐與度小月

台北鼎泰豐，台南度小月
常在外面走動的人
很少沒吃過的。
單看店名
北的繁富，充滿貴氣
南的簡單、親切，非常庶民
這大約也是南北二城之異吧
我對吃不講究
但每一次在台北走信義路
看它門口大排長龍
總覺得要吃一餐好難
倒是度小月
可以隨緣，自在來去

二〇一一年十一月二十七日

文字緣

我在暮色中
趕路上佛光山
為的是來和百餘位
華文作家相會
他們來自五湖四海
識與不識
總有文字因緣
這一夜
情感不再流浪
雲居樓是文學的家

二〇一一年十一月二十九日

陪你回去

早上在台中參加一場活動
告一段落之後
距離中午聚餐還有一些時間
突然想家
於是驅車回草屯

想起多年以前一個夜晚
也是在台中
開完會步出會場
我問同行友人
右轉可以回老家一趟
左轉就直接回台北了

我讓他幫我決定
他說：我陪你回去！

二〇一一年十二月三日

書房

每一次進書房
找書，翻閱資料
不經意間的目之所遇
總帶我重返昔日時光
買過那麼多書
寫過那麼多文章
走過那麼多地方攜回那麼多東西
有用的，沒用的
都集中在這間小小的書房
什麼時候能有一個長長的假期
清查過去的一點一滴
重返現場
省視每一個自我的身影

二〇一一年十二月四日

一生的守候

年輕的時候
你不相信你可以
和另一個人相守一生
不確定當你出了遠門
會渴望聽到她的聲音

你聆聽她說的每一句話
想像她的每一個動作
每一次和她的眼神交會
你都能讀出千言萬語

終於你確定了
她是你一生的守候

二〇一一年十二月五日

淡薄

高雄國際貨櫃藝術節
今晚在駁二藝術特區開幕
我從台南去參加
巧遇原在中大教書的法國男孩
他有作品得獎。
同事多年
完全不知他有此才華
不免想起今之人際關係
竟如此淡薄
我們有時吝於告訴人家
不願意多去了解別人說的
卻喜歡聊是非說八卦

實在不是什麼好事
宜引以為戒

二〇一一年十二月九日

柑橘

妳燒好水
泡一杯柑橘
緩步走來
細細地說
「放輕鬆
天總會放晴的」

那時我正苦思
一個關於烏雲的暗喻
仰首在妳的眸中
讀到陽光即將露臉的訊息
接下妳遞來的柑橘茶時
天真的放晴了

二〇一一年十二月十日

獎座

我在台南頒贈台灣文學獎
獲獎人攜家帶眷
當然歡喜

想起兒子同時間在台北
領時報文學獎
無法看他上台的樣子
當然遺憾

深夜回到台北
他已睡著
獎座靜靜置於鋼琴之上
彷彿對著我笑

二〇一一年十二月十一日

館長寫序

昨晚留在館長室過夜
寫了兩篇序文
並且處理了一些公文和信件

有一篇序是為館內出版品而寫
這是我到任以來的要務
——為每一本書寫序
去年就寫了近三十篇

今年已近尾聲
大約也是這樣的數量
而每一篇序
都是為書定性，並敘緣由

多年以後
這些館長的序
終將成為我在文學館的紀錄

二〇一一年十二月十五日

哽咽

從台南到南投
於我而言是返鄉
縣府贈我文學貢獻獎
原以為自己可以用最平常之心
沒想到發表感言時
講到多年在外的文學旅程
疏離鄉土
無法照顧雙親
竟一度哽咽

二〇一一年十二月十七日

怒目

在巷口
一個流浪漢和一隻流浪狗
怒目相向
僵持了一段時間
他從口袋掏出半截香菸
從另一個口袋拿出廉價打火機
點菸後猛吸一口
向狗吐去
牠奮力搖頭
狂吠數聲後離去
回望時
眼神睥睨
彷彿在笑

二〇一一年十二月二十二日

懷人

天冷的時候
最容易懷人了

總是這樣
你在記憶中蒐尋他的形影
想他之於你的恩典
不必然要撥個電話
或去封E-mail
也不一定期待再相逢
只遙祝平安
再把他放回記憶深處

二〇一一年十二月二十四日

祈願

願世人收起貪婪之心
該是你的
不會憑空消失
不該是你的
擁有即是一種負擔

願世人泯除仇視之心
即便他曾傷害過你
你既活著且自在自如
加諸你身的已非害
即便他不利於你
利己利他一切隨緣

沒有怨怒
就不會浮躁，沒有喧囂

願世人理解
並寬容異文化
他的膚色可能和你不同
宗教信仰可能和你不同
價值的高度可能和你不同
不同不是罪過
當你理解
你必將寬容
惟共生始能共美共榮

二〇一一年十二月二十五日

羈旅

我如何告訴你
這羈旅的孤寂
開窗不見青山綠野
不見飛鳥
只一棟一棟冰冷的建物
以及咆哮的噪音
就關窗熄燈吧
讓我擁抱黑暗眠去
在夢中
與你相會

二〇一一年十二月三十一日

北回歸線

我在北回歸線的天文廣場
轉得動坐騎的雙輪
卻拉不回向前奔去的時間之流
誰不期待走康莊大道
但誰能避開人生的坎坷

向南或向北回歸
可以用卜卦抽籤來決定嗎
我越陌度阡而來
今夜無雨，羅盤已失
我能做什麼樣的決定呢？

二〇一二年一月一日

輯三

友竹居

這學期最後一堂課
把研究生帶離教室
到友竹居餐敘
這是一間築在水上的
田園式茶藝餐廳
就在中大路口中大門邊
幽靜素雅
適宜小聚
我喜歡這樣
人文化成於生活之中
所謂的知識
原只是經驗的系統化而已

二〇一二年一月三日

寫作

詩人蘇紹連
每日喜讀阿疼說
不吝賜我美言
說其中頗有一些如詩
想選刊在他主編的
吹鼓吹詩學論壇上

我請小幫手主選
以詩意為準
初選出近三十則
複選刪去六首
經媽媽審查通過
寄請紹連兄卓裁

想每日執筆之際
或舉重若輕
或舉步維艱
調節於快慢之際
斟酌於難易之間
寫作之妙如是

二〇一二年一月八日

鳳鳴高岡

我出身華岡
從大學部、碩士到博士畢業
有一次聽到有人非議它
我寫了一篇
你如何測量我母校的高度？
最近學校來函說
母校校友會一致舉薦
我為今年度傑出校友
我一下子又回到
那多風多雨多霧的陽明山
我的青春我的夢
全在那兒

鳳鳴高岡
一個永恆不滅的意象

二〇一二年一月九日

窗外

從館長室往窗外看
正好是文學館後景觀庭院
幾株翠綠，兩塊草坪
清幽雅潔
觀眾和遊客少來造訪

左邊草坪上
裝置如巨鯨游於海洋之中
台灣如浮於海面的鯨之背脊
俗稱海翁的鯨魚
常被代指台灣

我日夜守候這景色
祈願風平浪靜
永遠亮麗

二〇一二年一月十二日

選票

我用一方新印
領了選票
當下選擇了未來
但未來不是我能決定的

圈蓋選票的章
像個「卜」字
取兆以問吉凶之事曰卜
可引申為「抉擇」

孩子和我同行
我沒問他們投誰

他們的未來
由他們自己決定

二〇一二年一月十四日

永安宮

我住的村子叫北勢湳
路名玉屏
有廟曰永安宮
是信仰，也是文化中心
幾年前重建落成
我受託寫沿革
並撰楹聯一對
沿革稍長不錄
楹聯如下：

古往今來崇山作玉屏觀音普渡南投客
天長地久流水如銀帶聖母永安北勢人

二〇一二年一月二十四日

明天

再回到濕冷的台北
心還留在鄉下
給母親打了報平安的電話以後
翻開記事本
看見了忙碌的明天

二〇一二年一月二十五日

老友

鵬程從北京返台
再度於時空藝術會場展字
這一回我竟缺席
再見老友於紀州庵
神采依舊
言談中略有滄桑
想弱冠訂交
倏忽四十寒暑
幾年離別
一腔心事
竟不知如何敘說

二〇一二年一月三十一日

天色將暗

我們走到市府廣場
五點三十分
天色將暗
所有的燈
一時全都亮了起來
有藍有綠
五色真的令人目盲嗎
今晚月亮可以不出來
夜景仍然絢麗
我們向天空呼喊自由
期待飄下
雪花

二〇一二年二月五日

那盞燈

南方居然也濕冷
日昨氣溫陡降
雨也沒來由飄著下著
你只能縮著
想著北地暗夜裡猶亮著的
那盞燈

二〇一二年二月九日

飛天

大恩館內
壁畫中的仕女
換上白襯衫軍訓裙
走到我的面前邀我翩翩起舞
妳飛天之姿
自此成為一幅永不退色的畫
懸掛在我的心牆
我日夜凝望
低唱著愛的樂章

二〇一二年二月十日

北京城

小兒子跟團去了一趟北京
拖著疲憊的身軀回來
我想起遙遠的一九八九年五月
整個北京城都在動
我在近郊的香山寺
憑弔孫中山先生的衣冠塚
聽到城裡傳來
呼喚歷史的聲音
雲和樹頓時哭了起來

二〇一二年二月十二日

鳳飛飛

鳳
飛了又飛
飛過山墺
飛過海嶼
飛過大溪小溪
飛過吹煙裊裊的平野
這旅程何其遙遠
當天空逐漸灰濛
雨沒來由的下著
濕冷的羽翼
漸感無力
牠知道

必須告別天空了
必須
棲
息

二〇一二年二月十九日

回來vs回去

在台南
太太在電話中說：
什麼時候回來？

在台北
太太會這樣問：
什麼時候回去？

來去之間
怎麼說呢？

二〇一二年三月六日

啟程

時速二四〇
我高速前進
飛掠而過的點點燈火
如晶鑽閃閃

總是在這樣的時刻
我急急離開那古老的府城
奔向繁華的新都
尋找失落的青春

然後在天色微亮中
我再度啟程

和剛剛甦醒的街道
互道早安

二〇一二年三月八日

演說

走進病房的時候
他躺著
奮力對著外籍看護演說
蒼白的髮絲
飛舞成一生營造的藝術
他用他的術語
說他此生的
堅持

二〇一二年三月十三日

舞台

看舞王爭霸
在璀璨繽紛的舞台之上
音樂、光影以及肢體動作
堪稱出神入化
更難得的是
男身和女體的搭配
天衣無縫我們相信
那背後的鍛鍊之苦辛
敬業加上專業
凡藝術之高峰者
皆如是

二〇一二年三月十五日

失眠

被自己的鼾聲吵醒以後
他就失眠了
然後就胡亂想著
過去失眠的每一個夜晚
直到累了
才又眠去
沒多久
又被自己的鼾聲
吵醒

二〇一二年三月十八日

三位一體

學生從美國返台
得知我的工作與生活
她說：
老師，你需要
一位家庭醫師
一位營養師
一位廚師
然後才能做更多更重要的事。
我笑著說：
師母就是
三位一體。

二〇一二年四月三日

冷凍烤蕃薯

朋友送了些冷凍烤蕃薯
我用來當早餐
先退冰
再微波
真的好吃

想那貧苦的童年歲月
蕃薯不曾當主食
只和米飯一起煮
我們老是嫌飯太少
而蕃薯太多

二〇一二年四月十一日

千里送珍品

我的老師黃永武教授
退休後去了加拿大
住在一個小島上
讀易、寫作、散步
空閒自在
偶有鹿來訪
徜徉庭院中
老師近日回台演講
親送來新書《好句在天涯》的手稿
有初稿本，也有謄寫本
另有台靜農、成惕軒墨寶
千里送珍品
讓人感動

二〇一二年四月十六日

雞蛋花

下樓時
望見一棵病了的雞蛋花
葉子雖仍青翠
卻皺捲了起來
我向管理員說
趕快請樹醫生來看
他說，把葉子剪了
再長就好了

我於是想起
孔廟那棵死於褐根病的老榕
文學館門口
長年和白蟻搏鬥的鳳凰木

中大校園
整排吊著點滴的清松
生死之間不免有病
端看如何面對了

二〇一二年四月二十一日

在香港

從油麻地
走觀塘線
在九龍塘轉開往羅湖的火車
到中文大學時
一山的陽光燦爛

也不知來過多少次了
錢穆不在
余光中回台灣去了
而一整座山
和山下的吐露港
仍閃爍著人文的輝光

二〇一二年五月二日

字花

抵達香港的第一個活動
是和《字花》的年輕朋友會面

想見他們
是因這個刊物
有內容，有創意
有每個世代的文藝青年都有的
熱情和理想

向新的世代
探測未來的氣候
老了的時候
才知如何適應晨昏的溫差

二〇一二年五月三日

澳門

搭船去澳門
你看不見
腰纏萬貫的旅客
將如何一擲千金

穿行在狹窄曲折的巷弄中
你強烈感受小島的滄桑
在鄭家大院
你彷彿聽到晚清的盛世危言
在亞婆井前地
似有淙淙山泉之聲傳遍

為文學而來
回到另一個島上
你終將用文字追憶
鏡海的波光

二〇一二年五月五日

輯四

落大雨

五二〇
全台落大雨
我在台北和幾位師友餐敘
一位新儒家
一位專研古典詩學
一位精通篆刻和書法
他們都退而不休
我們談時局
談辭世的故人
談一場戰役的輸贏問題
離去時
街燈已亮

風已止
雨在街道間消失了蹤影

二〇一二年五月二十一日

香椿

老家庭院
植有一株香椿樹
本已逐漸枯萎
後來又抽長出嫩葉
如今一片蔥綠
大哥說田裡種的
有幾株不行了
他退休後種香椿
如養兒育女
不像經營什麼產業
也烘焙成茶
送人的比賣的還多

他出版過詩集
現在把詩寫在農地上

二〇一二年五月二十七日

忠恕

一九六九秋天
我揮別灰暗苦澀的少年歲月
重返台中市育才街那古老的校園
努力點讀文史典冊
「夫子之道，忠恕而已」
盡己謂之忠啊
推己及人謂之恕啊
前面的道路彷彿有了光

父母胼手胝足築起遮風擋雨的家
老師傅問起堂號
我建議用「忠恕」
四〇年過去了

我還在學習如何盡己
如何推己及人
如何用我有用之身
及於所愛之人事物

二〇一二年五月三十一日

生活

試寫幾則
總覺文字乾澀
意念紛陳
筆端頗難收束

生活如昔
步調依舊
奔波行吟之際
我熱愛的那些人那些事啊
風來影亂
不定不靜
如何能慮得一幅
安居樂業圖

二〇一二年六月十四日

遠方

台南停班停課
我在館長室十二小時
翻閱八本台灣文學研究生研討會論文集
為第九本寫下序言
想像第十本在和風細雨中誕生

風雨真的來襲
是共工怒而觸不周之山
天柱折，地維絕
陸上真的必須行舟了
而誰來補天

我決定走向流動的街景
穿過一夜的風雨
呼喚天地
企盼在黎明之前
抵達遠方寂靜的草原

二〇一二年六月二十日

日升日落

日升的時候
我們看著自己的影子
流淚
胡亂寫些詩句
唸給早起的街友聽

日落的時候
我們已寫好一屋子的詩
句子卻不願意排列
拼命地爭吵
競說各自的故事

二〇一二年六月二十四日

黑水溝

我從廈門望金門
迷濛的天際
回不了家的雲
四處徘徊
急切地探尋槍彈的訊息

島的孤獨
雲知道
海的深沉
浪知道
自從硝煙四起
黑水溝的水更黑了

二〇一二年七月四日

少年十五二十時

今天七月七
我聽到盧溝橋的礮聲

在紀州庵
山東少年舉槍射日
滿座皆驚
白髮紛飛
從台北飄洋過海到魯南

想起少年十五二十時
衰老的眼淚奪眶而出
流成江流成海

流成今生今世的
血和淚
眾人慢慢拂去冊頁上的塵埃
經典終於重現

二〇一二年七月七日

壬辰酷暑憶馬祖

一望無際的海面
浮現一山青翠
那是南竿
靠岸後
一批人下船了
我們繼續航行
如果不是暈船
海景會更美
稍後
我將抵達北竿
過端午
巡哨，夜行軍
等待返航的消息

二〇一二年七月十三日

食養山房

我們又去了一趟
食養山房

以前是晚間
這一次陽光耀眼
看得見潺潺澗水
蜂蝶飛舞
聽得見群樹之歌
梵音迴盪

下山時
白日忽匿
接著便起風了

我們急急驅車下山
一路被傾盆大雨追著

二〇一二年七月十六日

耕讀夢

在家鄉草屯
茄荖山下
我的名下有幾分農地
荒在那裡

年少時想過
老了回去蓋農舍
後來山上闢成示範公墓
我的耕讀夢破滅

大哥來電說
不能再休耕了

我說怎麼辦
能種點詩或小說嗎？

二〇一二年七月十七日

多年以後

多年以後
你執意獨自南行
想親臨曾經苦苦駐守的館舍
重溫歷史的輝煌

沿路景觀變化不少
你仍順利抵達
古老的建築換了新裝
暮色蒼茫中亮起一片燈海
全台首宴的招牌閃閃發光
迎賓的服務生忙碌進出

你猶豫片刻
邁著蹣跚的步伐離開

二〇一二年七月二十一日

台南和台北

台南文學特展
北移台北紀州庵
我匆匆趕去開幕致詞
然後南下主持府城講壇
老友林文義講他的大散文
不能缺席
夜裡十時
又回到台北
過了忙碌又充實的一天

二〇一二年七月二十八日

我今回甲

今天滿六十歲，怪颱來賀，停班停課。妻攜二子到台南為我慶生，頗多感觸！

（一）

蘇拉素妝款步
裙襬搖曳生姿
竟捲起浪濤滾滾
我們的島嶼如一葉扁舟
載浮
載沉

（二）

我今回甲
能耳順嗎
是漢子
老了江湖
我們仍然上天下地
是書生
白了雙鬢
我們仍然出入古今
然而
鬼哭神號
我真的能耳順嗎？

二〇一二年八月三日

晨運遇雨

晨運遇雨
我在操場東北隅
老榕樹下
看雨下得那麼肆無忌憚

天空烏雲密布
據說又有一颱形成
我望著高聳的大遠百
想背後的藍天

雨總該停的
散去的人潮再聚

而雨中猶奮力奔跑的那人
消失在另一個角落

二〇一二年八月八日

石像默默

一轉入國父紀念館
我又來到翠湖畔
不為遊湖
我來探訪于右任先生

石像默默
自從離開仁愛路圓環
他就選擇閉嘴
睜眼看飛揚的塵埃

總算有這一方小小的天地
小葉赤楠和大花扶桑

用心戍守最後的家園
卻任由野鴿飛上頭頂嬉戲

二〇一二年八月十一日

四十年

搭彰化客運到草屯街上
轉公路局汽車到台中
乘平快火車到台北
從清晨到天黑
我忍著足傷之痛
一跛一跛，艱難地走著
尋找不可知的未來
那是一九七二年秋天

一樣是秋天
整四十年之後
捷運加高鐵，我南北奔馳
在自己的家和文學的館之間

思索文字的形音義
體會人生的真善美
與掠過的風擊掌
和飄過的雲揮手

二〇一二年八月三十一日

香山

我和時雍到北京來參加以白先勇為主題的會議，地點在香山公園內的香山飯店，位於北京郊區約三十公里。這是我第三次來香山，第一次在一九八九年五月，第二次在二〇〇五年八月，前者是五四運動七十周年，後者是抗戰勝利六十周年，都是開會，主辦單位都是中國社科院文學研究所。（二〇一二年十一月十日）

因一場初雪
紅了的楓便一下子凋萎了
雪沒再下
寒風刺骨
香山迷迷濛濛
一朵白色牡丹*
靜靜吐露著芬芳

我們焚香研墨
細細素描起來

*指白先勇製作的崑劇《牡丹亭》。

二〇一二年十一月十一日

只有我不在

那時夜已深
我輕輕轉動鑰匙的聲音
驚破一室空寂

小兒在讀他的比較政府
長子在寫他的舞蹈評論
而他們的媽呀
正伏案和晚清奇女子深度對話

只有我不在
只有我
不再讀書

二〇一二年十二月十二日

最後的春耕

渴望重返田間的父親
在他打造的家園
呼喚荒了的農地
突然失去平衡
摔倒的那一刻
他憶起了最後的春耕
斷了角正犁田的老牛
回望時竟含著淚珠

二〇一三年一月七日

田園將蕪

我是在除夕午後
懶懶暖暖的冬陽普照中
回到草屯
車過雙叉港
轉入沿圳小路
妻說帶孩子去看田吧

田裡種了一些菜
雜草亂長
有老農在噴水
彩蝶在他身旁亂飛
他居然知道我長期在城裡筆耕
一園繁花似錦

然而真實的田園將蕪
我猶未歸
執筆的手已荷不了鋤
孩子能解我爽朗笑聲中的哀愁嗎？
和老農道別時
一隻蝴蝶差點撞上了我

二〇一三年二月九日

舉頭望明月

南方友人捎來簡訊
說他們一家人
正舉頭望著
大大的明月

我在台北
微風細雨中
一家人各據一方
讀書、審稿、寫作、查資料

我的心中
也住著一輪明月

且託她
捎去給你我的祝福

二〇一三年九月十九日

蛇馬之交

我從北地借調南方四年
就在這蛇馬之交結束了
二〇一四年元月二十七日辦了移交
二十八日辦完最後一場新書發表會
館長室已然淨空
我熄燈，關門
在夜色迷離中
和門口的兩株鳳凰樹道別
然後離去

二〇一四年一月三十日

今天開學，沒課

天猶未亮
走過似夢似醒的街道
我駐足在誠品信義店後方
慢跑起來
我要與時間競走
腳步雖已有些沉重
但我意志堅定
猛吸一口氣
向太陽出來的方向跑去

二〇一四年二月十七日

父親

生肖屬牛的父親
拖磨一生
九十高齡
猶在病床上
吆喝田地裡的秧苗
站起來奔跑；
他聲嘶力竭
才躺了下去
又想奮力起身
但他太累了
叫喊一聲「走啊！」
又躺下去了。
我在田埂上哭泣

冬陽忽西匿
冷風迎面來
黑暗就此全面沉了下來。

後記：二月二十二日上午，南下探望住在醫院的父親，高鐵訊號異常，車暫停在新竹苗栗間，我思緒翻騰，數度哽咽。

二〇一四年二月二十二日

起厝

舊家有殼無地
我們忍痛搬離
追過雲逐過月
三十年後
老宅在九二一夷為平地
化為塵土飛揚

平地難起高樓
我的鄉親面有難色
迂迴曲折的心思
畫不出理想的藍圖
煌仔皤蒼白的髮絲
怒吼著：厝，我來起……

二〇一四年三月十二日

附輯

田尾——贈李羅權校長

田尾來的那孩子
以憨厚的笑顏
用半線織成一張網
裝滿濁水溪的陽光以及
八卦山早春的空氣和鳥聲
向著日出的方向奔去

他就這麼和時間賽跑著
和整個天地競走

島嶼默默
有風初起，雨也下來了
眾聲喧嘩中

他兀自靜坐
然後躍起，緩緩地說：

會當凌絕頂
一覽眾山小

附記：李羅權校長出身彰化田尾，精研太空物理之學；學而優則仕，即將入閣，一展長才，一統國家科學研究之事。校長治校，每言人文學術之要，秀才人情一張紙，作詩一首贈之。詩中「半線」為彰化古名；詩末引詩出自杜甫〈望嶽〉。（二〇〇八）

文三館

合青黃二色
我們綠成雙連坡上
煜煜閃爍的
人文輝光

是庭園
就該遍植蒼松
是江湖
就該有情有義
是進出古今的儒生
就該豪情萬丈
呼喚天地

拔地而起
我們依仁遊藝
直至有鳳來儀
一顆松子悄然落地
沉睡的松鼠
於是驚起：

問松松不語
崔巍映碧空
冬春無異色
朝暮有清風

附記：中央大學校園遍植蒼松。此詩作於二〇〇九年，時為文學院院長。詩末引詩，「冬春無異色，朝暮有清風」為唐詩人儲光羲〈雜詠五首・石上松〉詩句。（二〇〇九）

那一盞燈

起風的時候
倦了的雲
仍飄盪著
雨就要落下來了
你還在急急趕路

抵達家門時
驟雨方歇
天色已暗
亮起的那一盞燈
向你說晚安

附記：雨弦因我回任四年，擔任國立台灣文學館副館長，助我良多，今屆齡榮退，謹致謝忱，並以詩和鮮花為賀。（二〇一四）

本栖寺四行二首

（一）

我本棲霞
來到富士山下幽靜的湖畔
讚歎我佛慈悲偉大
霞光從此遍照五湖了

（二）

星移月動
同逍遙在巍峨的富士山巔
雲影天光
共徘徊於莊嚴的本栖湖畔

二〇一五

意在筆先

衍是水在江中流
臻者至也止也
行於所當行
止於所不得不止
善果臻身

意總在筆之先
我們身無半畝
心懷天下
我們驅遣文字如轉丸珠
用心於筆墨之外

妳知道

先要有豐美的文化涵養
才能有拔尖的創意
至於產業
海不辭水、山不辭土石啊

附記：一枝台灣創意筆叫蘊蘭，一個揚州生產的紅雕漆筆筒，送給即將就讀高應大文化創意產業系的陳衍臻。（二〇一五）

以御筷送福貴賢伉儷北歸

台灣的檜木
愉快地長成御筷
成雙成對
飛啊飛過彎彎的海峽
飛到北國春城
看月季柔枝紛披
聽油松幼樹快速生長的聲音
你俯身夾起一粒由綠轉褐的松果
遙想南方島嶼的一園蒼翠　以及
風雨過後
滿地的松針

二〇一七

陳稜路

將軍
據說只因島民不願朝貢
你奉煬帝之命率兵攻打台灣
隋軍勢如破竹
俘虜男女數千人

然後啊
你原效忠的君上荒淫無道
你的同僚僭禮無行
你遂掛冠上崑崙
潛心學道

然後啊

國破了，山河仍在
你縱一葦之所如，凌萬頃之茫然
到台灣，辛勤開墾荒地
努力教住民知書達禮

終於啊
將軍有祠了
陳府千歲落地生根
與保生大帝合祀於府城開山宮
守護台灣

二戰過後，將軍來到古半線
從高賓閣走到天公壇
從貓鼠麵吃到彰化肉圓
一條陳稜路
一片小西風華

二〇一七

小西巷

多少回
從長安街轉入這細巷
一匹匹飄揚的錦繡
舞動整個小西

曲徑不必然通幽
五光十色中有南腔和北調
怎麼人潮就漸漸少了
而塵土卻愈來愈厚

妳學步的身影依然清晰
紮起的馬尾已如飛躍之姿

妳終究要走離這細巷
一轉身已在北門之外

我便在那裡迎接妳
經古道走天涯
在下著小雨的夜晚
抵達我們前世築起的小屋

然後妳便日以繼夜地思鄉了
夢迴小西時
祖厝傾頹
院落裡猶飄揚著五彩繽紛的錦繡

二〇一七

在松影搖晃中

已涼
而天氣未寒
我們在松影搖晃中
耕讀，撿拾松果
聽偶然飛來駐足的白鷺呼喚你
然後啊走情人步道去環湖
讓松鼠
跟著

二〇一八

客舍

歲次戊子，中央大學客家學院大樓於中大湖畔動土開工，以詩誌之。

我們還在客途嗎？
回眸時竟有秋恨
靜靜滑行的那隻鵝
在風中舞成千姿百態
湖畔垂柳

客舍青青
在雨中呢喃千言萬語
倚窗吟哦那書生
望穿一湖寒煙
不再悲歌

二〇一八

坎坷

牽你的小手
走那漫漫的回家路

揚起的塵埃
是一朵一朵惡毒的花

瓦礫堆中
幽黯地底
有我慈愛的媽
還有
我的愛人
瓦礫堆中

幽黯地底
有我善良的鄉親
還有
我的夢想

牽你的小手
走那漫漫的坎坷路
漫
漫
的
坎
坷
路

附記：一九九九年九月二十一日，凌晨一點四十七分。轟然巨響從家鄉南投傳遍全台，我在台北東區的高樓抱著妻兒顫慄，共看明月應垂淚啊！我的家人、我的親友、我的鄉親，以及那青翠山巒環抱的淺淺輕唱的溪水、素樸而幽雅的田園，就這樣被無情的撕裂、撕裂，再撕裂……

〈坎坷〉寫於二〇〇九年九二一前夕。我記憶起一張照片，一個男人蹲著，望著眼前傾倒的房屋，一個小男孩在旁邊，俯身像是要撿石塊的樣子。我想像一個家庭之破碎，寫下這首小詩。（二〇一九，九二一前夕）

一室已靜

多年以後
我如何回望
這臨老而猶奔馳的歲月
當一切的手跡足痕
在風中漸次消散
我還會聽到
窗外那排老松
呼喚松鼠的聲音嗎？

而一室已靜
清空了的書架
如釋重負
在燈下調息

我緩緩起身
捻熄最後一盞燈
走向月光遍照的松間
尋找回家的路

二〇二〇

達觀——懷念鍾肇政先生

那一年
我從遍地硝煙的戰地歸來
猶著戎裝
到龍潭向您報到
您說歡迎歸隊

我沒問您歸哪一隊
日夜裡在文字叢林尋找出路
向西，詭譎的雲天雷電交加
向東，一片迷濛
而既已北漂，我能再南向嗎？

越陌度阡，我栖栖皇皇
最後抵達南方古老的城市
巷弄寂寂
您送來達觀二字
我在書齋安住，學習坐忘

二〇二〇

附記：一九七九年下半年某日，我和我的同學好友林振輝到龍潭拜訪鍾肇政先生。那時我和振輝都在中壢服兵役，在不同單位任職文史教官，他從馬祖南竿回來，我從北竿回來。當兵之前，我們在華岡中文研究所讀碩士班，振輝和從日本天理大學到華岡的交換教授塚本照和先生時相往來，那時塚本老師已展開他對台灣文學的探索，對楊逵的〈送報伕〉、黃春明小說中的日本經驗，都極感興趣。我大學時代曾赴東海花園拜訪楊逵未遇，曾邀請黃春明上華岡演講、座談，振輝因此幾次約我和塚本老師交談，我甚至完成一篇訪談記錄，刊於《華夏導報》。

我想，拜訪鍾先生那一天，我應該帶著那篇訪談稿的。次年三月，

《台灣文藝》第六十六期刊出我的〈塚本照和先生訪問記〉，但已不同於原先初稿，增加了許多台灣文學的內容。那是台灣首次針對日本天理大學教授塚本照和先生的報導。

稍後，鍾先生長子鍾延豪出版小說集《金排附》（台北：東大，一九八〇年四月），東大圖書公司是三民書局的關係企業，叢書主編是我在華岡中文系的學弟林文欽（後來辦了前衛出版社）。那時延豪開始積極協助鍾先生辦《台灣文藝》，次年更成立「台灣文藝出版社」，在台北信義路台師大附中對面開了一家「泛台書局」。我去過幾次，有年輕的朋友想見鍾先生的時候，我會利用鍾先生來台北的時候，和他約在泛台見面。

延豪的出版事業最終是失敗了。一九八三年九月，他應聘開南工商，沒想到幾個月後竟車禍身亡。這對鍾先生打擊之大可以想見。

我在一九八二年通過博士班學科考以後，一邊在學校教書，一邊在出版社工作，一九八三年六月接編嘉義《商工日報》副刊、次年又接下《文訊雜誌》總編輯一職，和鍾先生越來越沒有交集，一直要到我所任職的中央大學成立了客家學院（二〇〇三年八月），有一些活動他應邀而來，而我也正好出席，他親切一如往昔。因此，每當桃園文化局、客家事務局有任何與鍾先生有關的計畫或活動邀我參與，我都盡可能答應，感覺上和鍾先生距離近了些。

二〇一〇年二月我借調到設在台南的國立台灣文學館，館名即鍾先生墨寶，進出館舍，彷彿每天都和鍾先生照面，也就有了向他請安的意思。二〇一二年新春，他寄來手書「達觀」二字，題贈「老友」，我感動萬分。

二〇二〇年五月十六日，鍾先生大去。七月二日，桃園鍾肇政文學獎記者會，承辦的《聯合文學》邀我出席，並希望能寫點文字朗讀，我思前想後，百感交集，寫下〈達觀〉三段十五行，首段實寫，「歡迎歸隊」確是鍾先生說的，語有深意，但我當年沒想太多；第二段寫盡我曾有過的徬徨；第三段寫我隻身在台南的處境，鍾先生「達觀」二字，對我有所啟發，「安住」是佛家語，安住書齋，實有對應第二段「在文字叢林尋找出路」的意思。「坐忘」者是居陋巷而不改其樂的顏回，我雖不能至，然心嚮往之。（二〇二〇年七月五日補記）

鍾肇政先生手書題贈「達觀」二字

潑墨山水

水沙連天
我們併肩走過愛的步道
在荒涼的渡口
等待聆聽前世的呢喃
波平如鏡
映照烽火中的容顏
更遠處
頭社最高峰上
雲啊霧啊翻騰一生
如墨潑出一紙清清白白

二〇二二

天猶未亮

天猶未亮
父親推著他的輪椅
我持著父親的手杖
沿圳慢行
呼嘯而過的是光陰嗎？
父親斷續說著
關於這條水圳的故事
還有荷鋤牽牛走過的浮圳
從哪裡來？去了哪裡？
他說，我們能控制水流的速度嗎？

天已光
我們回返父親一手搭建的小屋

風雨霜雪五十年了
磚瓦已老
鋤頭已鏽
而圳水枯竭，田土早荒
父親急急取下懸壁的二胡
伊伊呀呀
竟是農村曲和田犁歌
而我，打著節拍，含著眼淚

二〇二一

南北極

南極

1

我是鳥
但我不會飛
我走不快
但我很會游泳
我住在南極
但我一點都不怕冷
我喜歡這裡
別打擾我

2

如果我是一座島
航行萬里千年
來自極地的船啊
請停泊在我劫後廢棄的港灣

如果我是一隻鯨
泅泳在無涯際的蔚藍海洋
而水，漸漸升溫
累世累劫以來我今生如此煎熬

3

千山鳥飛絕
萬徑人蹤滅
在白茫茫的雪原上
整個世界都是我的

逆風向前
尋找一處可棲身之地
感受千萬年的孤寂
守候彩虹與極光

北極

1

我性喜孤獨
狩獵為生
在雪白的冰雪上
我潔白的身軀飛快追捕海豹

海豹有毒
冰層在消失
我族已瀕臨滅絕
誰來拭洗我身上沾染的油漬

2

冰川聳立
有藍色的光閃爍
冰在崩落
那是流浪的開始

離土離枝的花
隨風飄又飄啊
終將化而為水
還諸天地

3

在極北之地
冰川崩裂如砲擊巨響
地球為之震動
我住的小城左右搖晃

聲紋中藏著上帝的密碼
解讀乃成為我們一生懸命
於是急急奔向北方
在核心處傾聽

二〇二二

【書後】一點點閃耀的詩句

李時雍

去年冬季，我在齊東街上的繆思苑駐村期間，於舊日文官宿舍的花園，編排了一支以《穿越九千公里》為名的獨舞。舞作由一幕野餐揭開，取材鄰近的忠孝公園印象。那裡，曾是陳映真晚期代表作《忠孝公園》的場景；而沿著他所描寫「小公園說小也不小，種著十六株老樟樹和六株木棉樹」轉進的小巷路，其中一扇窗透進的公寓，曾經是父親母親北上讀書後，戀愛、結婚的最早居所。

演出的清晨即醒，昏暗中，我聽見長冬霪雨復落在建築緣側外的草地。雨一直令人擔憂地下著。直到節目前，竟彷若啟示般，微微轉歇、暫停。我看見母親從小徑走來觀眾席入座。〈Hable con ella〉的撥弦與吟唱回響後院花園時，舞者放下手中的書，開始緩緩獨舞。

當時除了置放那冊同名小說集於舞台上，作為象徵物的，我還選用了

《海子的詩》。如今，我早已忘了從何歲起讀著詩人的詩，遺忘最早何時於家中書架上星叢般的名字間，見到好幾個版本的選集、《海子詩全集》又或傳記。但我記得開始工作以後，轉換幾個編輯檯，桌邊總習慣放本他的詩集；旅途上若見有新出版的選集，也必然收藏。那支獨舞，更疊影著某年夏天，我曾遠赴海子生命最終所攜於身上《湖濱散記》的華爾登湖（Walden Pond）午後光影。

原來以為，那只是家裡眾多研究用藏書之一，近日卻在彙編父親文稿時，無預期地讀到一篇訪談，寫著：「再往前這一整排是現今中國現代文學作品，他指著書架上的《海子詩集》說：『我非常喜歡海子的詩作，所以收藏了各種不同版本海子的詩集，雖然都是重複的詩作，但我見一本買一本……』」

這篇訪稿原刊於二〇一三年，文中的「他」即父親，內容則以其書房為題。彼時期，父親自中央大學借調為國立台灣文學館館長，週間常折返於府城台南與台北之間。文中側寫下那段奔波卻充盈展望的心緒，如同父親每回轉換新的公共職務的熱切。他憶述及最初從新生南路，帶著我們，遷居猶荒蕪一片的信義計畫區，而後又在此闢了一間塵囂中獨立的書房；收藏碩博士以來為數龐大的藏書，橫列的《十三經》、《諸子集成》、

《全唐詩》、《資治通鑑》，更多有文友新作，他自年輕時便鍾愛的詩集，亦收藏師長輩如史紫忱老師、張夢機老師的專著。

讀著，我才知道，書房入口旁，那熟悉的三櫃玻璃門老書架，最初曾擺放在新生南路的家屋陽台；而我小時常寫作業、那張雕工細緻的木製辦公桌，是外婆特地至鹿港訂做，贈予伊女婿的禮物。我也才知曉，自己竟不知覺間，經由自己的探索，讀起、並收藏如父親年輕往昔時，他的海子。

當天訪者攝影下多幀珍貴的相片，包括我們的家庭合照，包括父親手執手電筒，微光亮起了一冊冊書背尋索藏書的模樣。

十年前，父親六十前夕，在經歷過學院內系所、文院，乃至圖書館等主管事務後，南下投入文學館工作。前後四年，除了以展覽面向民眾，也重視博物館的典藏與研究；令我印象最深的，莫過於他以過去多年的主編經驗，主持推動一套共三十三冊「台灣文學史長篇」出版計畫。時值我服役左營，後遷返台北，期間經常趁假期前往文學館，感覺像另個歸屬的地方。

今年夏天，八月，父親滿七十。過去十年間，他完成了館長任期，返回校園後，又陸續擔任文學院長，以至人文藝術中心主任、出版中心總編輯，日子依然奔波忙碌。同一時期我則進入台文博士班，並有意無意地，跟隨父母親的路跡，走上多年從副刊、雜誌到圖書的主編工作。當時的我應該從未預想過，這些實務經驗的準備，或許只是為了一天，幫父親編書。

父親從研究所階段，便同時涉足編事，八〇年代任《商工日報》副刊主編到《文訊》總編輯；孩時眼底永恆的畫面，總在夜深，見到他在桌前校看樣版的身影。直到近兩年，桌上仍不時擱放著新的書稿，關於中大的《小行星的故事》（二〇二〇）、《銘刻與記憶》（二〇二一）、《百花川的故事》（二〇二二）。相對為公共領域籌畫、撰稿，投注時間與精力，愈近年、父親卻少有自己著作出版。但也許將臨教學生涯尾聲，他終於在二〇二二年初，先彙編出版了多年的南洋研究之一《砂拉越華文文學的價值》。但面對接下規畫出版的，猶有受訪錄，這本詩集，文學館時期的文集，中大教學的文章，另一部南洋研究集仍在整稿⋯⋯。有天父親過來問我，最近有空嗎，幫忙彙編其中幾部。

前揭訪稿所收入的「受訪錄」即為其一，父親取我曾寫下的標題《深情回望》為書名。其中彙集了八〇年代至今，不同時期文壇對他的訪問稿。回看時，我試從歲月漂流的文字中，像剪裁紀錄片，為讀者、也為自己，勾勒出一幅父親歷程的畫像，始自陽明山華岡，立足中大雙連坡，府城四年再重回文學院。

其後著手的這部詩集《阿疼說》，則為父親二〇一一年起發布在臉書上的詩文、片語。那幾年，他多數日子住在台南，我和弟弟想到為他設置一個網頁；他經常將文學館生活的細微感觸，鍵寫於訊息中，傳送過來，再由我們代他發布在頁面上，與學生、友朋分享。或源於手機輸入限制，也或許在獨自手寫時，令父親偶然回想起年輕時寫作《牧子詩鈔》的羈旅心境，文字逐漸以詩文的分行斷句構成。而我總是記得每一晚，手機屏幕亮起，通知有新訊息的螢光之時，我記得讀到，譬如這樣的句子：「如何用我有用之身／及於所愛之人事物」。又或者那一年颱風天早晨，母親與我們南下陪伴父親後，他記下：「今天滿六〇歲，怪颱來賀，停班停課。妻攜二子到台南為我慶生，頗多感觸！」與詩一則：

我今回甲
能耳順嗎
是漢子
老了江湖
我們仍然上天下地
是書生

白了雙鬢
我們仍然出入古今
然而
鬼哭神號
我真的能耳順嗎？

——八月三日，二〇一二，凌晨十二時

我想起那本薄薄的自印詩集《牧子詩鈔》（一九九一），總也置於我的桌旁，收錄父親年少起寫詩所集成的二十餘首。父親日後於學界轉為扮演詩的評論者，少再創作；但越過多年後，重將之增補成《在中央》（二〇〇七），以為時光之記。沒想又越過多年，有了這部《阿疼說》。主體的詩行，留下府城生活的形影，從二〇一一年橫跨至二〇一四年，從臉書精選了一百餘首。此次父親訂上新題，並保留了原來的時間線索。重新閱讀，依然能感到橫貫始終，那面向南方的燦亮，如〈等待〉：「在朝陽下企盼遠方／在細雨紛飛中／等待一朵花／的綻放」。

穿越九千公里獻給你，來自高達（Jean-Luc Godard）電影《阿爾發城》（Alphaville）的一句。借此為題，在繆思苑花園演出時，更感到它像是歲月跋涉與惦記的隱喻。當我重新翻閱父親文稿，在《砂拉越華文文學的價值》書中，也有我曾偕同父親，前往詩巫拉讓江畔的夏日陣雨記憶；在受訪錄中，想起初次與父親前往北京，而後我獨自飛往長春，在長白山麓，遇見小說家。在這部詩集中我重新回到了南方的文學館，父親辦公桌窗外，「幾株翠綠，兩塊草坪」。

演出後，隔幾日的午後，母親前來找我，我們在日式起居空間裡泡茶，各自讀書，等微雨停歇，再於鄰近散步。不一會，便走回我出生的家。母親指示著昔日的窗，「就是燈亮起的那戶。」那個曾經立置著三櫃玻璃門新書架的陽台。而後母親從曾經的忠孝公園，如今忠孝新生捷運站搭車回家，我則獨自走返齊東街。

遠遠便看見暗中的宿舍。想起最早印象亦是父親帶我來的，那時他帶我穿行孩時一家人常吃的小吃攤、濟南路，來到了還以齊東為名的房舍前。去年冬天我在宿舍的花園，播放音樂，編了一支舞，長雨後的光影浮晃；許久後的此刻，我重讀到父親的詩行：

從進屋子的那一刻開始
你便與孤獨對話了
你因此需要一點點音樂
一點點浮動的光影

語言文學類　PG2831　台灣詩學同仁詩叢9

阿疼說

作　　者 / 李瑞騰
責任編輯 / 石書豪
圖文排版 / 黃莉珊
封面設計 / 吳咏潔

發 行 人 / 宋政坤
法律顧問 / 毛國樑　律師
出版發行 / 秀威資訊科技股份有限公司
114台北市內湖區瑞光路76巷65號1樓
電話：+886-2-2796-3638　傳真：+886-2-2796-1377
http://www.showwe.com.tw
劃撥帳號 / 19563868　戶名：秀威資訊科技股份有限公司
讀者服務信箱：service@showwe.com.tw
展售門市 / 國家書店（松江門市）
104台北市中山區松江路209號1樓
電話：+886-2-2518-0207　傳真：+886-2-2518-0778
網路訂購 / 秀威網路書店：https://store.showwe.tw
國家網路書店：https://www.govbooks.com.tw

2022年10月　BOD一版
定價：250元

讀者回函卡

國家圖書館出版品預行編目

阿疼說 / 李瑞騰著. -- 一版. -- 臺北市 : 秀威資訊科技股份有限公司, 2022.10
面； 公分. -- (語言文學類 ; PG2831) (台灣詩學同仁詩叢 ; 9)
BOD版
ISBN 978-626-7187-16-6(平裝)

863.51 111014343